하버드대 성인 발달 연구팀은
오랜 기간 '행복의 조건'을 탐구한 끝에
이런 연구 결과를 발표했습니다.

"행복은, 내가 나를 소중히 여기는 순간을 늘려갈 때 찾아온다."

이 다이어리는 바로 그 순간들의 기록입니다.

나를 소중히 여기는 시간을 늘려가세요.
당신이 행복하게 지내는 것만큼 중요한 것은 없으니까요.
세상은 당신이 보는 대로 보입니다.
삶을 결정하는 것은 당신의 마음가짐입니다.

이 책을 시작한 날짜	YEAR	MONTH	DAY

나조차 몰랐던
나를 만나는 시간

나만의 순간들

김현경 지음

FIKA

당신의 삶엔
어떤 질문이 있나요?

대학교 4학년, 졸업 학점을 채우느라 바쁘게 시간을 쪼개 살던 나는 대학을 졸업하고 곧장 백수가 되었다. 갑자기 시간이 왕창 생긴 기분이었다. 신났던 건 대략 반년 정도뿐. 하루가 너무너무 길었다. 누워서 핸드폰 보다가 자다 깨기를 수없이 반복했고, 멍때리며 모니터를 보고 있어도 시간이 좀처럼 가지 않았다.

TV나 SNS를 보는 건 점점 더 할 수가 없었다. 그 속엔 자기 역할을 너무나 잘하는 사람들이 넘쳐났다. 비참해서 그걸 볼 자신이 없었다. 나는 세상에서 제일 쓸모없는 사람이니까. 나중에는 무작정 나가 길거리를 걸어 다녔는데 자꾸만 눈물이 나서 이마저도 하지 못했다. 사연 많은 애처럼 보였는지 사람들이 계속 쳐다보는 바람에. 내가 너무 한심해서 그냥 숨고만 싶었다. 이제 내가 할 수 있는 일이라곤 방구석에 누워 베개가 다 젖도록 우는 것뿐이었다. 우울이 나를 다 집어삼켰는지 딱 한 걸음을 떼기가 참 힘들었다. 그 우울의 구렁텅이에서 어떻게 빠져나왔는지는 사실 잘 기억이 나지 않는다.

그런데 10년 후, 여러 사람들과 집단 심리 상담을 받을 때였다. 누군가가 나에게 물었다.

"스스로 가엾고 안쓰러웠던 적이 있어요?"

갑자기 고시원에 혼자 누워 베개가 다 젖도록 울던 날들이 떠올랐다. 남들보다 잘하는 것도 없고 나 같은 걸 누가 좋아해줄까 싶던 그때. 어쩐지 그렇게 생각해야 마음이 편하던 그때. 상담 선생님은 울먹이는 나에게 조용히 물었다.

"지금 와서 그때를 떠올려보니 어떤 생각이 들어요?"

"그렇게 힘든 시간도 지나간다는 거… 그게 엄청 위로가 돼요."

내가 대답을 하면서도 스스로 놀랐다. 한 번도 그렇게 생각해본 적이 없었으니까. 흔하게 흘러 다니던 위로의 말이 나에게 진짜로 다가온 순간이었다. 이제 나는 아무리 힘들어도 언젠가는 지나간다는 것을 안다.

나를 바꿀 수 있는 사람은 나밖에 없다.
- 알프레드 아들러

땅에 단단히 뿌리를 내린 나무는 작은 바람에 흔들리지 않는다. 바람은 언제든 불어오게 되어 있고, 항상 행복한 사람은 없으며 영원히 행복할 수도 없다. 때로 우리는 실망하고 좌절하고 가슴도 아플 것이다. 몇 번째인지 모를 자소서를 쓰다가 지긋지긋한 무력감에 휩싸이고, 면접을 보고 나오는 길에 존재감이 땅으로 떨어져 꺼질 것 같다. 이유도 없이 어느 날 갑자기 헤어지자는 말을 듣게 되고, SNS를 보고 있으면 내가 제일 뒤처진 것만 같다.

하지만 뿌리가 튼튼한 사람은 이 시간을 충분히 견뎌낸다. 이 시간을 견디는 힘은 자신을 얼마나 믿고 인정하느냐에 달려 있다. 다시 말해 나의 가치를 내가 존중하는 데서 시작한다.

갈수록 마음이 불안하고 자신이 점점 초라하게 느껴진다면, 누구보다 내가 나를 다독여주어야 한다. 매일매일 예쁘게 바라봐주고 사랑해주고 웃어주어야 한다.

남에게는 한없이 다정하고 친절하면서 나에게는 왜 그렇게 야박한 걸까? 잘못할 수도 있고, 실수할 수도 있고, 조금 돌아갈 수도 있는데. 다른 사람이 그러면 괜찮다고 위로해줄 거면서.
중요한 것은 나에 대해 차근차근 알아가는 것이다. 내가 어떤 사람인지 알아야 나를 받아들이고 믿어줄 수 있기 때문이다. 사랑은 믿는 것에서부터 시작한다. 그런데 언제부턴가 진짜 내 마음을 감추며 사느라 내가 없어져버린 느낌이다. 나를 어떻게 들여다봐야 하는지도 모르겠다.

이 다이어리는 그런 당신을 위해 1년 동안 하루에 하나씩 질문에 답하면서 나를 찾아가도록 구성되어 있다. 같은 질문에 두 번씩 답하는 과정에서 나의 변화와 성장을 자연스럽게 들여다볼 수 있게 했다. 나는 나를 어떻게 생각하는지, 나는 어떤 사람인지, 무엇을 할 때 즐거운지, 무엇을 좋아하고 무엇을 두려워하는지 알고 싶다면 나 자신에게 많은 질문을 던져야 한다. 그리고 답해야 한다.

하루에 하나씩 질문에 답한다고 얼마나 달라질까 싶겠지만, 시간은 우리에게 많은 것을 선물해준다. 하루가 가고 또 하루가 지나면 나무에 다시 새싹이 돋고 잎은 더욱 푸르러진다. 어린아이가 어느 순간 끙차 일어나 혼자 걸음마를 하고, 아팠던 상처가 아물어간다.

1년 동안 꾸준히 답을 기록하는 것만으로도
어느새 단단해진 나를 만나게 된다.
과거의 일들이 의외로 아무렇지 않을 수 있다는 걸 깨닫게 되고,
나에게 꽤 많은 장점이 있다는 사실도 알게 될 것이다.

당신이 이 다이어리를 쓰면서 충분히 위로받고 새로운 힘을 얻게 되면 좋겠다. 삶에서 새로운 것을 계속 발견하고 빛나는 순간들을 많이 만들어가면 좋겠다. 이제 하루에 한 번씩 나를 소중히 아끼는 시간을 갖게 될 당신을, 진심으로 응원한다.

How to use

하루에 하나씩, 6개월 동안 180개의 질문에 답합니다.
그런 다음 맨 처음으로 돌아가 다시 질문에 답합니다.
이렇게 1년 동안 다이어리를 기록합니다.

① 다이어리 쓰는 시간을 정해봅시다. 하루 중 어느 때든 괜찮습니다. 무엇보다 꾸준히 쓰는 것이 가장 중요합니다. 이 다이어리는 숙제가 아닙니다. 짧은 일 기나 편지를 쓴다 생각하고 수다를 늘어놓듯 편하게 기록하세요.

② 하루에 하나씩 질문에 대한 답을 기록합니다. 답을 쓰는 칸이 한 페이지에 두 개 있는데 먼저 위쪽부터 채워나갑니다.

③ 지금 나의 상태를 들여다보면서 떠오르는 대로 솔직하게 답을 적어봅니다. 문장이나 단어여도 좋고, 그림이어도 괜찮습니다. 어려운 질문은 빈칸으로 두어도 좋습니다. 6개월 뒤에 빈칸을 보면서 떠오르는 생각도 있을 거예요.

④ 6개월 동안 모든 질문에 답했다면, 다시 앞으로 돌아가 답을 기록합니다. 이 번에는 아래쪽 칸을 채워나갑니다.

⑤ 한 챕터의 위쪽 질문을 다 채우면, 각 챕터의 마지막 페이지에 그간 나를 괴롭 혀온 감정, 바꾸고 싶은 습관이나 관계 등을 곰곰 돌아보고 편하게 적어봅니다.(65p, 119p, 173p, 207p) 적기만 해도 마음속 복잡한 생각들이 차곡차곡 정리될 거예요. 각 챕터의 아래쪽 질문까지 다 채운 뒤에는 챕터 마지막 페이지에 기록한 글을 보면서 마음가짐을 되짚어봅니다.

⑥ 그동안 기록한 답을 보면서 '과거의 나'와 '지금의 나'가 어떻게 달라졌는지 살펴봅니다.

Contents

04   프롤로그

08   **How to use**

12   CHAPTER 1

나도 몰랐던 내 안의 나에게 말 걸기

요즘, 내 마음은 어디를 향하고 있나요?

DAY 1 ··· DAY 50

DAY 181 ··· DAY 230

64   내 안의 감정 쓰레기, 이곳에 휙!

66   CHAPTER 2

소소한 일상 속 나에게 말 걸기

당신의 오늘 하루는 어땠나요?

DAY 51 ··· DAY 100

DAY 231 ··· DAY 280

118   내가 가진 나쁜 습관들, 이곳에 휙!

120   CHAPTER 3

가족, 친구, 연인⋯ 관계 속 나에게 말 걸기

나를 더 단단하게 지켜주는
일상의 관계들

DAY 101 ⋯ DAY 150

DAY 281 ⋯ DAY 330

172   나를 괴롭혀온 잘못된 관계, 이곳에 휙!

174   CHAPTER 4

내일의 나에게 말 걸기

어제보다 더 나은
내가 되기 위해

DAY 151 ⋯ DAY 180

DAY 331 ⋯ DAY 360

206   미래에 대한 불안과 두려움, 이곳에 휙!

CHAPTER 1

나도 몰랐던 내 안의 나에게 말 걸기

요즘,
내 마음은
어디를 향하고 있나요?

지금 이 순간을 색깔로 나타낸다면 어떤 색일까요?

지금 이 순간을 색깔로 나타낸다면 어떤 색일까요?

지금 가장 걱정되는 것은 무엇인가요?

6개월 전에 걱정한 그 일이 지금은 어떻게 되었나요?

**내가 가진 모습 중에 한 가지를 바꾼다면
무엇을 바꾸고 싶나요?**

**여전히 바꾸고 싶은 모습이 똑같은가요?
달라졌다면 이제는 무엇을 바꾸고 싶나요?**

지키기 싫은 규칙이 있나요?
나는 그 규칙이 왜 그렇게 싫을까요?
(과거에 지키기 싫었던 규칙을 적어도 괜찮아요.)

지금도 그 규칙이 싫은가요?

최근에 속마음과 다르게 아무렇지 않은 척한 적이 있나요?
왜 그래야 했나요?

최근에 속마음과 다르게 아무렇지 않은 척한 적이 있나요?
왜 그래야 했나요?

**남들이 나를 안 좋게 평가했을 때 어떤 기분이 드나요?
그 기분은 얼마나 가나요?**

**남들이 나를 안 좋게 평가했을 때 어떤 기분이 드나요?
그 기분은 얼마나 가나요?**

나와 가장 잘 어울리는 꽃은 뭘까요?

지금 나와 가장 잘 어울리는 꽃은 뭘까요?
달라졌다면 왜 달라졌나요?

다른 사람이 싫어하는 일은 하지 않으려는 편인가요?
만약 그 일이 사랑하는 사람을 만나거나
하고 싶은 일(꿈)에 관한 것이라면요?

지금은 어떤가요?
여전히 다른 사람이 싫어하는 일은 하지 않으려는 편인가요?

지금 이 순간 내가 느끼는 가장 큰 감정은 무엇인가요?

(기대, 불안함, 막막함, 떨림, 편안함…)

지금 이 순간 내가 느끼는 가장 큰 감정은 무엇인가요?

(기대, 불안함, 막막함, 떨림, 편안함…)

눈을 감고 뒤죽박죽인 머릿속을 착착 정리하는 상상을 해보세요.
어떤 생각과 기억을 치웠나요?

DAY
190

눈을 감고 뒤죽박죽인 머릿속을 착착 정리하는 상상을 해보세요.
어떤 생각과 기억을 치웠나요?

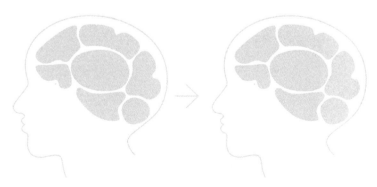

열다섯 살의 내가 보기에 나는 어떤 어른일까요?

열다섯 살의 나에게 알려주고 싶은 것이 있나요?

지금 내 발 앞에 이름 없는 하얗고 작은 풀꽃이 있네요.
어떤 이름을 붙여주고 싶나요?

지금 내 발 앞에 이름 없는 하얗고 작은 풀꽃이 있네요.
어떤 이름을 붙여주고 싶나요?

**최근에 '내가 지금 분위기 파악을 못 하고 있나?' 하는
느낌을 받은 적이 있나요?**

**최근에 '내가 지금 분위기 파악을 못 하고 있나?' 하는
느낌을 받은 적이 있나요?**

지금까지 받았던 칭찬 중 가장 기분 좋았던 말은 무엇인가요?

최근 받았던 칭찬 중 가장 기분 좋았던 말은 무엇인가요?

내가 생각할 때 남들보다 잘하는 것은 무엇인가요?

(요리, 정리 정돈, 수다 떨기… 무엇이든 좋아요.)

내가 생각할 때 남들보다 잘하는 것은 무엇인가요?
또 다른 게 떠오르거나 생겼나요?

사람들이 일몰을 보러 가는 이유는 뭘까요?

사람들이 일몰을 보러 가는 이유는 뭘까요?
또 다른 이유가 떠올랐나요?

살면서 가장 슬펐던 때는 언제인가요?
그때의 나에게 해주고 싶은 말이 있나요?

최근 가장 슬펐던 때는 언제인가요?
그때의 나에게 해주고 싶은 다른 말이 있나요?

내 성격에서 가장 마음에 드는 점.

내 성격에서 가장 마음에 드는 점.

내 성격에서 가장 마음에 안 드는 점.

내 성격에서 가장 마음에 안 드는 점.

지금까지 살면서 내가 가장 잘한 일은 무엇인가요?

6개월 사이에 내가 가장 잘한 일은 무엇인가요?

**학교 다닐 때 선생님이 해준 말 중
가장 기억에 남는 것은 무엇인가요?**

**학교 다닐 때 있었던 일 중
가장 기억에 남는 순간은 언제인가요?**

최근 내가 쓸 만하다고 느낀 적이 있나요?
언제였어요?

최근 내가 쓸 만하다고 느낀 적이 있나요?
언제였어요?

오래도록 기억하고 싶은 냄새가 있나요?

최근 맡은 냄새 중 인상 깊었던 냄새가 있나요?

말할 수 없는 비밀이 있나요?
나는 왜 그걸 누구에게도 말하지 못할까요?

그 비밀을 지금도 말할 수 없나요?

최근에 가슴 아픈 말을 들은 적이 있나요?
나는 그 말이 왜 아팠을까요?

최근에 가슴 아픈 말을 들은 적이 있나요?
나는 그 말이 왜 아팠을까요?

누군가 시켜서 했는데 나중에 보니 잘했다고 생각한 일이 있나요?

누군가 시켜서 했는데 나중에 보니 잘했다고 생각한 일이 있나요?

최근에 행복하다고 느꼈던 순간은 언제인가요?
그날의 분위기, 날씨, 온도까지 장면을 자세히 묘사해보세요.

최근에 행복하다고 느꼈던 순간은 언제인가요?
그날의 분위기, 날씨, 온도까지 장면을 자세히 묘사해보세요.

지금 생각나는 거짓말이 있나요?
나는 왜 그 거짓말을 해야 했을까요?

지금 생각나는 거짓말이 있나요?
나는 왜 그 거짓말을 해야 했을까요?

**내가 가진 좋은 점,
많지만 딱 세 가지만.**

최근 새로 발견한 내가 가진 좋은 점.

얼마 전에 눈물이 난 건 무엇 때문이었나요?

얼마 전에 눈물이 난 건 무엇 때문이었나요?

'이게 될까?'라고 생각했는데 의외로 잘된 적이 있나요?

'이게 될까?'라고 생각했는데 의외로 잘된 적이 있나요?

요즘 내가 유난히 스트레스를 받는 일은 무엇인가요?

요즘 내가 유난히 스트레스를 받는 일은 무엇인가요?

예전에는 잘 못했는데 시간이 지나면서 잘하게 된 것이 있나요?

6개월 전에는 잘 못했는데 그런대로 할 줄 알게 된 것이 있나요?

미룰 수만 있다면 최대한 미루고 싶은 일.

미룰 수만 있다면 최대한 미루고 싶은 일.

다시 돌아가고 싶은 때가 있나요?

(없어도 상관없어요.)

지금도 여전히 그때로 돌아가고 싶은가요?
바뀌었다면 언제로 돌아가고 싶은가요?

(없어도 상관없어요.)

요즘 내가 알게 모르게 집착하는 것은 무엇일까요?

요즘 내가 알게 모르게 집착하는 것은 무엇일까요?

최근에 지키지 못한 약속이 있나요?
왜 지키지 못했나요?

_____

_____

_____

_____

_____

최근에 지키지 못한 약속이 있나요?
왜 지키지 못했나요?

_____

_____

_____

_____

_____

나는 예민한 사람인가요, 무던한 사람인가요?
왜 그렇게 생각해요?

평소 예민한 편인데 특히 더 예민해지는 일이 있나요?
혹은 무던한데 나도 모르게 예민해지는 경우가 있나요?

지금도 용서하지 못하는 일이 있나요?
왜 용서할 수 없을까요?

여전히 용서하지 못하는 일이 있나요?
왜 용서할 수 없을까요?

**최근에 자존심 상하는 일이 있었나요? 무슨 일이었나요?
그럴 때 나는 어떻게 하나요?**

**최근에 자존심 상하는 일이 있었나요? 무슨 일이었나요?
그럴 때 나는 어떻게 하나요?**

내가 가장 자랑스러웠던 적은 언제인가요?

최근 내가 자랑스러웠던 적은 언제인가요?

불안한 마음이 들면 무엇을 하나요?

(음악 듣기, 종일 자기, 술 마시기, 넷플릭스 보기…)

불안한 마음이 들면 무엇을 하나요?

(음악 듣기, 종일 자기, 술 마시기, 넷플릭스 보기…)

최근에 내가 하고 싶은 대로 해본 적이 있나요?
그때 기분이 어땠나요?

_____

_____

_____

_____

최근에 내가 하고 싶은 대로 해본 적이 있나요?
그때 기분이 어땠나요?

- -

- -

- -

- -

- -

나의 인생 드라마는?
딱 하나만 소개해주세요.

나의 인생 드라마를 하나 더 소개해볼까요?

지금 다시 학교에 간다면 예전과 다르게 해보고 싶은 것이 있나요?

지금은 어때요? 여전히 그걸 해보고 싶나요?
바뀌었거나 혹은 더 해보고 싶은 게 생겼나요?

DAY
46

아르바이트를 하면서 얻게 된 것은 무엇인가요?
(직장에 다니고 있다면 일을 하면서 얻게 된 것을 적어도 좋아요.)

DAY
226

아르바이트를 하면서 얻게 된 것은 무엇인가요?
(직장에 다니고 있다면 일을 하면서 얻게 된 것을 적어도 좋아요.)

내 실수로 일이 잘못된 적이 있나요?

그 일이 지금은 어떻게 되었나요?

스스로 부족하다고 생각하는 점이 있나요?
또 그것 때문에 사람들이 나를 싫어할까요?

여전히 부족하다고 생각하나요?
그것 때문에 사람들이 나를 싫어한다고 생각하나요?

무언가를 결정할 때 가장 중요하게 생각하는 것은 무엇인가요?

지금도 가장 중요하게 생각하는 것이 같은가요?

오늘의 나를 한 단어로 말해볼까요?

오늘의 나를 한 단어로 말해볼까요?

나에게 상처를 주고 있는
내 안의 감정들을 들여다보세요.
바꾸고 싶거나 버리고 싶은 마음습관들을
쭉 적어보세요.
마지막으로, 앞으로의 내 모습을 떠올리며
다짐을 기록해보세요.

해보지도 않고 지레 겁먹고 포기한다, 남의 시선을 신경 쓰다 쉽게 상처받
는다, 외모에 자신이 없거나 실력이 부족하다는 생각에 평소 주눅이 들어
있다 등 무엇이든 좋아요.

1

2

3

4

5

앞으론,

_____

_____

_____

CHAPTER 2

소소한 일상 속 나에게 말 걸기

당신의 오늘 하루는
어땠나요?

최근 내가 가장 많이 찍은 사진은 무엇인가요?
핸드폰 사진첩을 열어보세요.

최근 내가 가장 많이 찍은 사진은 무엇인가요?
핸드폰 사진첩을 열어보세요.

내일 당장 여행을 간다면
가방에 꼭 챙길 세 가지.

DAY

232

내일 당장 여행을 간다면
가방에 꼭 챙길 세 가지.

요즘 유튜브에서 가장 즐겨 보는 것은?

요즘 유튜브에서 가장 즐겨 보는 것은?

오늘 한 일 중 가장 잘한 일 두 가지는?

오늘 한 일 중 가장 잘한 일 두 가지는?

꼭 고치고 싶은 습관이 있나요?

고치고 싶은 습관은 그대로인가요, 아니면 고쳤나요?
고쳤다면 그간 해온 노력들을, 그대로라면 그 이유를 적어보세요.

DAY
56

**거울에 비친 내 얼굴을 찬찬히 들여다보세요.
어디가 가장 마음에 드나요?**

DAY
236

**거울에 비친 내 얼굴을 찬찬히 들여다보세요.
어디가 가장 마음에 드나요?**

73

현재 카카오톡 프로필 사진은?

현재 카카오톡 프로필 사진은?

요즘 어떤 음식을 좋아해요?
그 음식을 먹으면 내 마음이 어떻게 되나요?

요즘 어떤 음식을 좋아해요?
그 음식을 먹으면 내 마음이 어떻게 되나요?

요즘 하는 일 중 가장 중요한 일은 무엇인가요?
그 일은 나에게 왜 중요한가요?

요즘 하는 일 중 가장 중요한 일은 무엇인가요?
그 일은 나에게 왜 중요한가요?

나는 긍정적인 말을 많이 하나요, 부정적인 말을 많이 하나요?
잘 모르겠다면 메신저 대화창을 한번 열어보세요.

나는 긍정적인 말을 많이 하나요, 부정적인 말을 많이 하나요?
잘 모르겠다면 메신저 대화창을 한번 열어보세요.

지금 나는 어디에 돈을 가장 많이 쓰고 있나요?

지금 나는 어디에 돈을 가장 많이 쓰고 있나요?

요즘 가장 많이 쓰는 어플은?
무엇을 하기 위해서인가요?

요즘 가장 많이 쓰는 어플은?
무엇을 하기 위해서인가요?

내가 가진 물건들 가운데 하나를 버려야 한다면 무엇을 버릴까요?

내가 가진 물건들 가운데 하나를 버려야 한다면 무엇을 버릴까요?

요즘 내가 습관적으로 하는 일 중에 잘한다고 생각하는 것은?

(양치질, 일기 쓰기, 책상 정리…)

요즘 내가 습관적으로 하는 일 중에 잘한다고 생각하는 것은?

(양치질, 일기 쓰기, 책상 정리…)

최근에 크게 소리 내어 웃은 적이 있나요?
왜 웃었어요?

최근에 크게 소리 내어 웃은 적이 있나요?
왜 웃었어요?

집에서 가장 좋아하는 구역은 어디인가요?

(조명 켠 책상이라든가, 폭신한 소파가 놓인 거실… 어디든 좋아요.)

🌾

좋아하는 구역이 여전히 같나요?
달라졌다면 어디가 더 좋아졌는지, 왜 달라졌는지 적어보세요.

내일 하고 싶은 것 세 가지는?

_____

_____

_____

_____

_____

내일 하고 싶은 것 세 가지는?

_____

_____

_____

_____

_____

요즘 들어 세상 귀찮은 일은?

요즘 들어 세상 귀찮은 일은?

마지막으로 하늘을 본 게 언제였나요?
그때 뭘 하던 중이었나요?

마지막으로 하늘을 본 게 언제였나요?
그때 뭘 하던 중이었나요?

아침에 일어나자마자 하는 일이 뭐예요?

(나의 아침 루틴 생각해보기.)

아침에 일어나자마자 하는 일이 뭐예요?

(나의 아침 루틴 생각해보기.)

하루 중 어느 시간을 가장 좋아하나요?
이유는요?

지금도 그 시간이 가장 좋은가요?
달라졌다면 지금은 언제가 좋은가요?

요즘 가장 사고 싶은 물건은?
그게 왜 필요해요?

요즘 가장 사고 싶은 물건은?
그게 왜 필요해요?

지난 주말에는 뭘 했어요?
주말이 지나면 어떤 기분이 드나요?

_____

_____

_____

_____

지난 주말에는 뭘 했어요?
주말이 지나면 어떤 기분이 드나요?

- -

- -

- -

- -

- -

요즘 내가 가장 좋아하는 장소(공간)는?
그곳에서 나는 어떤가요?

요즘 내가 가장 좋아하는 장소(공간)는?
그곳에서 나는 어떤가요?

요즘 내가 가장 많이 짓는 표정은 뭘까요?

_____

_____

_____

_____

_____

요즘 내가 가장 많이 짓는 표정은 뭘까요?

- -

- -

- -

- -

- -

오늘 처음 받은 카톡 메시지는 무엇이었나요?

오늘 처음 받은 카톡 메시지는 무엇이었나요?

요즘 나에게 가장 위로가 되는 것은?

(걷기, 떡볶이, 덕질… 무엇이든 좋아요.)

요즘 나에게 가장 위로가 되는 것은?

(걷기, 떡볶이, 덕질… 무엇이든 좋아요.)

요즘 자주 듣는 노래는?
그 노래를 들으면 마음이 어떤가요?

🌾

요즘 자주 듣는 노래는?
그 노래를 들으면 마음이 어떤가요?

최근에 기억해두려고 적어놓은 문구가 있나요?

(드라마 대사도 좋고, 노래 가사도 좋고, SNS에서 본 것도 좋아요.)

최근에 기억해두려고 적어놓은 문구가 있나요?

(드라마 대사도 좋고, 노래 가사도 좋고, SNS에서 본 것도 좋아요.)

최근에 챙긴 기념일이 있나요?
그날을 왜 기념하고 싶었나요?

최근에 챙긴 기념일이 있나요?
그날을 왜 기념하고 싶었나요?

지금까지 받은 선물 중 가장 기억에 남는 선물은?

최근 받은 선물 중 가장 기억에 남는 선물은?

집에 혼자 있을 때 하고 싶은 것은?
또는 '집콕' 놀이를 하는 나만의 비법.

집에 혼자 있을 때 하고 싶은 것은?
또는 '집콕' 놀이를 하는 나만의 비법.

잠자기 30분 전에 주로 무엇을 하나요?
설마 핸드폰 보기?

잠자기 30분 전에 주로 무엇을 하나요?
혹시 여전히 핸드폰 보기?

요즘 가장 자주 가는 사이트는?
거기서 나는 무엇을 얻나요?

요즘 가장 자주 가는 사이트는?
거기서 나는 무엇을 얻나요?

내가 가장 소홀히 하는 것은 무엇일까요?

(일과 중 가장 대충 하는 일을 적어도 돼요.)

내가 가장 소홀히 하는 것은 무엇일까요?

(일과 중 가장 대충 하는 일을 적어도 돼요.)

현재 핸드폰 배경 화면은 무엇인가요?

현재 핸드폰 배경 화면은 무엇인가요?

오늘의 소확행(작지만 확실한 행복) 한 가지는?

(깔끔하게 떼어낸 비닐, 마음에 드는 OOTD…)

오늘의 소확행(작지만 확실한 행복) 한 가지는?

(깔끔하게 떼어낸 비닐, 마음에 드는 OOTD…)

요즘 나는 한가한 시간에 주로 무엇을 하면서 노나요?

🌿

요즘 나는 한가한 시간에 주로 무엇을 하면서 노나요?

잘하는 요리가 있나요?
지금 그 음식을 누구에게 만들어주고 싶은가요?

배우고 싶은 요리가 있나요?
그 음식을 누구에게 만들어주고 싶은가요?

지금 블로그에 처음으로 글을 써서 올린다면,
무슨 주제로 쓰고 싶나요?

지금 블로그에 처음으로 글을 써서 올린다면,
무슨 주제로 올리고 싶나요?

**오늘 당장 100만 원의 공돈이 생긴다면,
무엇을 하고 싶은가요?**

**오늘 당장 100만 원의 공돈이 생긴다면,
무엇을 하고 싶은가요?**

요즘 매일매일 꼭 하는 일이 있나요?
왜 그 일을 하나요? (없어도 상관없어요.)

요즘 매일매일 꼭 하는 일이 있나요?
왜 그 일을 하나요? (없어도 상관없어요.)

요즘 즐겨 보는 프로그램.

요즘 즐겨 보는 프로그램.

오늘 날씨는 어떤가요?
어떤 날씨를 좋아해요?

오늘 날씨는 어떤가요?
여전히 그 날씨를 좋아하나요?

나는 식당에서 혼자서도 밥을 잘 먹는 사람인가요?
그 밖에 혼자서 해보고 싶은 일이 있나요?

나는 식당에서 혼자서도 밥을 잘 먹는 사람인가요?
그 밖에 혼자서 해보고 싶은 일이 있나요?

어젯밤에 잠을 잘 잤나요?
어떤 꿈을 꾸었나요?

어젯밤에 잠을 잘 잤나요?
어떤 꿈을 꾸었나요?

지금까지 읽은 책 중 가장 좋아하는 책은 무엇인가요?
그 책을 누구에게 추천하고 싶나요?

최근 읽은 책 중 좋았던 책은 무엇인가요?
그 책을 누구에게 추천하고 싶나요?

**최근 구입한 것 중 가장 유용하게 사용하는 물건은 무엇인가요?
반대로 샀는데 모셔만 두고 있는 건요?**

**최근 구입한 것 중 가장 유용하게 사용하는 물건은 무엇인가요?
반대로 샀는데 모셔만 두고 있는 건요?**

**지금 핸드폰에서 어플 하나를 반드시 지워야 한다면
무엇을 지울까요?**

**지금 핸드폰에서 어플 하나를 반드시 지워야 한다면
무엇을 지울까요?**

산책을 한 지 얼마나 되었나요? 산책하면서 어떤 것들을 보았나요?

(반짝이는 물빛, 노란 나뭇잎…)

산책을 한 지 얼마나 되었나요? 산책하면서 어떤 것들을 보았나요?

(반짝이는 물빛, 노란 나뭇잎…)

내가 가진 일상 속 나쁜 습관들을 떠올려보세요.
꼭 바꾸고 싶거나 버리고 싶은 습관들을
오른쪽에 쭉 적은 뒤 뻥 걷어차는 거예요.
마지막으로,
앞으로의 내 모습을 떠올리며
다짐을 기록해보세요.

제때 끼니를 챙겨 먹지 않는 습관, 오늘 꼭 해야 할 일을 미루는 습관, 스트레스를 그때그때 풀지 못하고 끙끙 앓는 습관 등 무엇이든 좋아요.

1 |

2 |

3 |

4 |

5 |

앞으론,

CHAPTER 3

가족, 친구, 연인… 관계 속 나에게 말 걸기

나를 더
단단하게 지켜주는
일상의 관계들

친구들 사이에서 나는 어떤 사람인가요?

친구들 사이에서 나는 어떤 사람이 되고 싶은가요?

지난 한 달 동안 내 마음을 가장 상하게 한 사람은 누구인가요?
그 사람에게 어떤 말을 하고 싶은가요?

◆

지난 한 달 동안 내 마음을 가장 상하게 한 사람은 누구인가요?
그 사람에게 어떤 말을 하고 싶은가요?

친구나 동료들은 지금 나의 어떤 면을 부러워할까요?

친구나 동료들은 지금 나의 어떤 면을 부러워할까요?

지금 생각나는 사람, 그리고 그 사람과 하고 싶은 일이 있나요?

지금 생각나는 사람, 그리고 그 사람과 하고 싶은 일이 있나요?

최근에 고마움을 느낀 사람이 있나요?
왜 고마웠어요?

최근에 고마움을 느낀 사람이 있나요?
왜 고마웠어요?

다른 사람들이 말하는 나의 장점과 단점은 무엇인가요?
나도 그렇게 생각하나요?

지금도 다른 사람들이 말하는 나의 장단점이 같은가요?

지금은 연락이 끊긴 사람 중
꼭 다시 한번 만나고 싶은 사람이 있나요?
왜 만나고 싶은가요?
(없어도 상관없어요.)

◆

여전히 그 사람을 만나고 싶나요?

인생을 마감할 때쯤 나는 어디서 누구와 무엇을 하며
살고 있을까요?

◆

인생을 마감할 때쯤 나는 어디서 누구와 무엇을 하며
살고 있을까요? 6개월 전과 같은가요?

**부모님과 허심탄회하게 대화를 나눈다면,
부모님은 지금의 나에게 무슨 말을 해주실까요?**

**부모님과 허심탄회하게 대화를 나눈다면,
부모님은 지금의 나에게 무슨 말을 해주실까요?**

최근에 누군가와 마음을 터놓는 깊은 대화를 나눈 적이 있나요?

최근에 누군가와 마음을 터놓는 깊은 대화를 나눈 적이 있나요?

지금 핸드폰에 저장된 연락처는 몇 개인가요?
그중 한 달에 한 번 이상 연락하는 사람은 얼마나 되나요?

지금 핸드폰에 저장된 연락처는 몇 개인가요?
그중 한 달에 한 번 이상 연락하는 사람은 얼마나 되나요?

최근에 충고나 조언을 들은 적이 있나요?
듣고 나서 어떤 마음이 들었나요?

최근에 충고나 조언을 들은 적이 있나요?
듣고 나서 어떤 마음이 들었나요?

나에게 지금껏 가장 많은 영향을 미친 사람은
누구라고 생각하나요?

◆

요즘은 누구의 영향을 많이 받고 있나요?

가족들 사이에서 나는 주로 어떤 역할을 하나요?

◆

가족들에게 어떤 사람이 되고 싶은가요?

DAY
115

**내가 괜찮은 사람이라고 느끼게 해주는 사람이
지금 주위에 있나요?**

♦

DAY
295

**내가 괜찮은 사람이라고 느끼게 해주는 사람이
지금 주위에 있나요?**

지금 가장 보고 싶은 사람은 누구인가요?

지금 가장 보고 싶은 사람은 누구인가요?

친구들이 나를 좋아하는 이유는 무엇일까요?

친구들이 나를 좋아하는 이유는 무엇일까요?

최근에 누가 뒤에서 내 욕을 할까 봐 신경 쓰인 적이 있나요?

◆

최근에 누가 뒤에서 내 욕을 할까 봐 신경 쓰인 적이 있나요?

가장 가까이 지내는 친구와 어떻게 친해졌나요?

♦

**최근에 가까워진 친구나 동료가 있나요?
어떻게 친해졌나요?**

요즘 멋지다고 느끼는 사람이 있나요?

요즘 멋지다고 느끼는 사람이 있나요?

요즘 나는 누구와 함께 있을 때 즐거운가요?

♦

요즘 나는 누구와 함께 있을 때 즐거운가요?

어제 마지막으로 통화한 사람은 누구인가요?
통화 후에 기분이 어땠나요?

◆

어제 마지막으로 통화한 사람은 누구인가요?
통화 후에 기분이 어땠나요?

연애를 하면서 새롭게 발견한 내 모습이 있나요?
(지금 연애를 하고 있지 않다면 과거 연애를,
모솔이라면 누군가를 짝사랑할 때 발견한 내 모습도 좋아요.)

◆

연애를 하면서 새롭게 발견한 내 모습이 있나요?
(지금 연애를 하고 있지 않다면 과거 연애를,
모솔이라면 누군가를 짝사랑할 때 발견한 내 모습도 좋아요.)

내가 유독 다른 사람에게 하기 힘들어하는 말은 무엇일까요?

◆

**지금은 어때요?
여전히 말하기 힘든가요?**

지금 싫어하는 사람이 있나요?

여전히 그 사람이 싫은가요?

최근에 감동받은 말이 있나요? 누가 해준 말인가요?
그 말은 나에게 어떤 의미가 있나요?

◆

최근에 감동받은 말이 있나요? 누가 해준 말인가요?
그 말은 나에게 어떤 의미가 있나요?

**부모님 성격은 어떠신가요?
나와 닮은 부분이 있나요?**

◆

**예전에는 몰랐는데 문득 내 모습에서
부모님의 모습을 발견한 순간이 있나요?**

누가 나와 한 약속을 지키지 않으면 어떤 마음이 드나요?

◆

누가 나와 한 약속을 지키지 않으면 어떤 마음이 드나요?

요즘 가장 응원하는 사람은 누구인가요?

(친구, 연예인, 유튜버… 누구라도 좋아요.)

◆

요즘 가장 응원하는 사람은 누구인가요?

(친구, 연예인, 유튜버… 누구라도 좋아요.)

최근 친구가 대단하다고 느낀 적이 있나요?
언제인가요?

최근 친구가 대단하다고 느낀 적이 있나요?
언제인가요?

다른 사람이 해준 조언이 도움이 된 적이 있나요?

다른 사람이 해준 조언이 도움이 된 적이 있나요?

최근 친구에게 서운했던 순간이 있나요?
무슨 일이 있었나요?

◆

최근 친구에게 서운했던 순간이 있나요?
무슨 일이 있었나요?

가장 친한 친구의 어떤 점이 좋은가요?

♦

친한 친구가 가진 좋은 점들 중 닮고 싶은 모습이 있나요?

나는 어떤 사람과 친해지기 어려운 것 같나요?

◆

**친해지기 어려운 사람과 가까워진 경험이 있나요?
혹은 어떤 상대에게 갖고 있던 선입견이 깨진 경험은요?**

마음에 들지 않는 사람이 친한 척하면 나는 어떻게 하나요?

♦

**요즘은 어때요? 마음에 들지 않는 사람이 친한 척하면
나는 어떻게 하나요?**

최근 내가 가족들을 위해 한 일 중 가장 잘했다고 생각하는 것은?

◆

최근 내가 가족들을 위해 한 일 중 가장 잘했다고 생각하는 것은?

**지금까지 부모님과 함께한 시간 중 가장 기억에 남는
소중한 순간을 꼽는다면?**

**6개월간 부모님과 함께한 시간 중 가장 기억에 남는
소중한 순간을 꼽는다면?**

부모님이 이해되지 않았던 때가 있나요?

◆

지금은 어때요?
여전히 부모님이 이해되지 않나요?

부모님이 고마웠던 적은 언제인가요?
그 고마움을 전했나요?

최근 부모님이 고마웠던 적은 언제인가요?
그 고마움을 전했나요?

나는 몇 개의 모임을 하고 있나요? 그중 가장 기다리는 모임은?
(동호회나 동창회는 물론, 세 명 이상 정기적으로 만나는 친구 모임도 좋아요.)

나는 몇 개의 모임을 하고 있나요? 그중 가장 기다리는 모임은?
(동호회나 동창회는 물론, 세 명 이상 정기적으로 만나는 친구 모임도 좋아요.)

사람들과의 모임에서 얻은 것이 있나요?

‌

‌

‌

‌

♦

사람들과의 모임에서 얻은 것이 있나요?

‌

‌

‌

‌

마음이 맞는 친구와 내일 뭘 하면 즐거울까요?

♦

마음이 맞는 친구와 내일 뭘 하면 즐거울까요?

친한 사람들과 얼마나 자주 연락하나요?
연락하면 주로 어떤 이야기를 나누나요?

친한 사람들과 얼마나 자주 연락하나요?
연락하면 주로 어떤 이야기를 나누나요?

내가 죽으면 누가 장례식에 와줄까요?

내가 죽으면 누가 장례식에 와줄까요?
6개월 전 그대로인가요?

최근 들은 지인의 소식 중 가장 기뻐한 소식은 무엇인가요?

최근 들은 지인의 소식 중 가장 기뻐한 소식은 무엇인가요?

'나도 저렇게 되고 싶다' 하는 생각이 들게 하는 사람이 있나요?

◆

'나도 저렇게 되고 싶다' 하는 생각이 들게 하는 사람이 있나요?

최근 누군가를 칭찬한 적이 있나요?
누구를, 왜, 무엇을 칭찬했나요?

최근 누군가를 칭찬한 적이 있나요?
누구를, 왜, 무엇을 칭찬했나요?

모임에서 나는 주로 어떤 역할을 한다고 생각해요?
혹시 하고 싶은 다른 역할이 있다면 같이 적어보세요.

◆

지금은 어때요?
모임에서 나는 주로 어떤 역할을 하고 있나요?

**최근 누군가에게 미안하다는 말을 들은 적이 있나요?
어떤 마음이 들었어요?**

**최근 누군가에게 미안하다는 말을 들은 적이 있나요?
어떤 마음이 들었어요?**

나는 주변 사람들의 장점을 더 잘 보나요,
단점을 더 잘 보나요?

◆

지금은 어때요?
나는 주변 사람들의 장점을 더 잘 보나요, 단점을 더 잘 보나요?

상처받는 관계를 어쩔 수 없이 유지하고 있거나,
알면서도 못 바꾸고 있나요?
그간 나를 괴롭혀온 잘못된 관계나
대화 방법 등을 떠올려 적어보세요.
그리고 관계 속에서 나를 단단하게 가꾸기 위한
방법을 찾아보세요.

부탁을 받으면 거절하지 못하고 집에 와서 괴로워한다, 상대방에게 내 의
견이나 생각을 전하면 싫어할까 봐 신경 쓰인다, 누군가를 만나면 무슨 말
을 해야 할지 걱정부터 한다 등 관계에서 느꼈던 어려움을 떠올려보세요.

앞으론,

CHAPTER 4

내일의 나에게 말 걸기

어제보다
더 나은
내가 되기 위해

왜 이 다이어리를 쓰고 있나요?
여기서 내가 원하는 것은 뭘까요?

✳

다이어리를 쓰면서 원하는 것을 이뤘나요?
또는 새로운 목표가 생겼다면 적어보세요.

지금의 내 모습이 되기 위해 나는 어떤 노력을 해왔나요?
지금까지 잘해온 나를 쓰다듬어 주기.

✳

되고 싶은 내가 되기 위해 앞으로 어떤 노력을 할 계획인가요?
앞으로의 나를 쓰다듬어 주기.

**지난 한 달 동안 미래의 나를 위해 무엇이든
새로 시도한 것이 있나요?**

(아주 작은 거라도 좋아요. 아침에 물 한 잔 마시기, 하루 20분 이상 걷기…)

✳

**지난 한 달 동안 미래의 나를 위해 무엇이든
새로 시도한 것이 있나요?**

(아주 작은 거라도 좋아요. 아침에 물 한 잔 마시기, 하루 20분 이상 걷기…)

지금까지 내가 가장 열심히 해본 일은?

6개월간 가장 열심히 해본 일은?

지금 살고 있는 동네는 무엇이 좋은가요?
좋은 점이 없다면 싫은 이유를 써도 좋아요.

✳

한 번쯤 살아보고 싶은 동네가 있나요?

나는 운이 좋은 사람이라고 생각하나요?

✳

지금은 어때요?
나는 운이 좋은 사람이라고 생각하나요?

지금 내 삶에서 가장 중요한 목표는 무엇인가요?

✳

지금 내 삶에서 가장 중요한 목표는 무엇인가요?

영화 속 누군가가 될 수 있다면 누가 되고 싶어요?

✳

영화 속 누군가가 될 수 있다면 누가 되고 싶어요?

내 묘비명을 쓴다면 뭐라고 쓸까요?

✳

내 묘비명을 쓴다면 뭐라고 쓸까요?

학교 다닐 때 가장 잘하고 싶었던 것은 무엇인가요?

✳

지금은 무엇을 가장 잘하고 싶나요?

나이를 먹으면서 마음을 비우게 된 부분이 있나요?
(카톡에서 지워지지 않는 1, 친구나 연인의 연락 횟수, 여드름…)

※

지난 6개월 동안 마음을 비우게 된 부분이 있나요?
(카톡에서 지워지지 않는 1, 친구나 연인의 연락 횟수, 여드름…)

최근 가장 관심 있는 것은?

(취미생활, 건강, 공부, 패션… 무엇이든 좋아요.)

✳

최근 가장 관심 있는 것은?

(취미생활, 건강, 공부, 패션… 무엇이든 좋아요.)

내가 가장 소중히 여기는 것은 무엇인가요?
(사람, 물건, 이루고 싶은 꿈이나 삶의 태도…)

✴

내가 가장 소중히 여기는 것은 무엇인가요?
(사람, 물건, 이루고 싶은 꿈이나 삶의 태도…)

순간 이동을 할 수 있다면 지금 어디로 가고 싶나요?

✳

순간 이동을 할 수 있다면 지금 어디로 가고 싶나요?

지금 가장 노력하고 있는 일은 무엇인가요?
나는 그 일에서 무엇을 얻고 싶은가요?

✴

지금 가장 노력하고 있는 일은 무엇인가요?
나는 그 일에서 무엇을 얻고 싶은가요?

앞으로 공부해보고 싶은 분야가 있나요?

✳

앞으로 공부해보고 싶은 분야가 있나요?

다음 내 생일에 하고 싶은 것이 있나요?

---

*

다음 내 생일에 하고 싶은 것이 있나요?

내년 1월 1일에 보고 싶은 영화가 있나요?
미리 골라볼까요?

＊

내년 1월 1일에 보고 싶은 영화가 있나요?
미리 골라볼까요?

지금까지 다이어리를 쓰면서 새롭게 알게 된 내 모습이 있나요?

✳

지금까지 다이어리를 쓰면서 새롭게 알게 된 내 모습이 있나요?

다시 동물로 태어날 수 있다면 어떤 동물이 되고 싶나요?

✳

다시 동물로 태어날 수 있다면 어떤 동물이 되고 싶나요?

지금 여행하고 싶은 나라는? 이유가 있나요?

(국내 가고 싶은 곳을 적어도 좋아요.)

✳

지금 여행하고 싶은 나라는? 이유가 있나요?

(국내 가고 싶은 곳을 적어도 좋아요.)

실패했을 때 나는 다시 일어설 수 있다고 생각하나요?

✳

실패했을 때 나는 다시 일어설 수 있다고 생각하나요?

다음 달에 하고 싶은 것 세 가지.

✷

다음 달에 하고 싶은 것 세 가지.

6개월 후의 나에게 해주고 싶은 말이 있나요?

✳

6개월 전의 내가 해준 말을 보니 어떤 생각이 드나요?

TV에 나오는 성공한 사람을 보면 어떤 생각이 드나요?

✳

TV에 나오는 성공한 사람을 보면 어떤 생각이 드나요?

지금까지 다이어리를 쓰면서 달라진 점이 있나요?

(체중, 생활습관, 썸… 무엇이든 좋아요.)

✳

지금까지 다이어리를 쓰면서 달라진 점이 있나요?

(체중, 생활습관, 썸… 무엇이든 좋아요.)

가장 답하기 어려웠던 질문은 무엇이었나요?
왜 그랬을까요?

✳

가장 답하기 어려웠던 질문은 무엇이었나요?
왜 그랬을까요?

지금 내 모습이 마음에 드나요?

＊

지금은 어때요?
내 모습이 마음에 드나요?

6개월 후, 나는 어떻게 지내고 있을까요?

✳

6개월 전에 답한 대로 지내고 있나요?
앞으로 1년 후, 나는 어떻게 지내고 있을까요?

지금 이 순간 나에게 뭐라고 말해주고 싶나요?

✳

지금 이 순간 나에게 뭐라고 말해주고 싶나요?

미래를 떠올리면 두려운 당신,
무엇이 그토록 나를 불안하게 하는지 기록해보세요.
내가 가진 불안과 두려움을 구체적으로 적어보세요.
제대로 알고 직면하면,
문제는 좀 더 가벼워지고
해결 방안도 떠오를 테니까요.

열심히 공부해도 결국, 하고 싶은 일을 못 하게 될까 봐 겁난다, 사실 내가
좋아하는 일이 무엇인지, 하고 싶은 일이 무엇인지 잘 모르겠다 등 미래에
대한 두려움을 구체적으로 적어보세요.

앞으론,

나만의 순간들

1판 1쇄 발행 2022년 1월 27일
1판 5쇄 발행 2022년 6월 30일

글   김현경

펴낸이   김봉기
출판총괄   임형준
편집   이미아
디자인   onmypaper
마케팅   김보희, 최은지, 정상원, 이정훈

펴낸곳   FIKA(피카)
주소   서울시 서초구 서초4동 서초대로 77길 55, 9층
전화   02-3476-6656
팩스   02-6203-0551
이메일   book@fikabook.io
등록   2018년 7월 6일(제 2018-000216호)

ISBN   979-11-90299-28-2 03810